Sara Agostini

Seis historias
sobre
valores

ILUSTRACIONES DE **Laura Giorgi**

GRIBAUDO

Sumario

LOS NIÑOS VALIENTES

Algunos niños saben ser valientes,
sin buscar peligros ni ir contracorriente.
¿Sabes cómo? Escucha atentamente.

Son pícaros y están siempre despiertos,
pero cuando son descubiertos
no temen hablar claramente
y decir la verdad simplemente.

Si en algún momento sus compañeros
se encuentran en dificultad,
no dudan en salir a defenderlos,
y ayudarlos a toda velocidad.

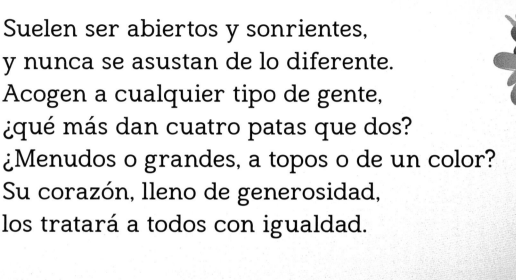

Suelen ser abiertos y sonrientes,
y nunca se asustan de lo diferente.
Acogen a cualquier tipo de gente,
¿qué más dan cuatro patas que dos?
¿Menudos o grandes, a topos o de un color?
Su corazón, lleno de generosidad,
los tratará a todos con igualdad.

8

Cuando están
en situaciones peores,
se paran a valorar
para saber reaccionar.
«Yo solo no puedo», dirán,
y buscarán a los mayores.

Otras veces son más delicadas:
para jugar los amigos llaman,
pero mamá
los necesita ya.
No importa, lo tienen claro,
y corren a ayudarla sin reparo.

12

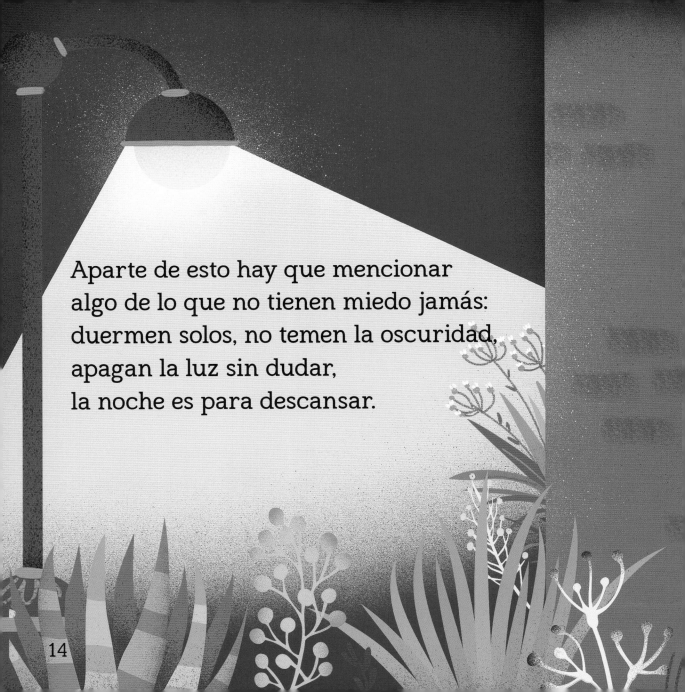

Aparte de esto hay que mencionar
algo de lo que no tienen miedo jamás:
duermen solos, no temen la oscuridad,
apagan la luz sin dudar,
la noche es para descansar.

El coraje de estos niños llega lejos,
pues pueden perder sin complejos.
Compiten sin pelear
y al ganador saben felicitar.

Ahora ya conoces a los valientes niños
que no buscan peligros:
son como superhéroes de verdad,
y los quiere toda la comunidad.

LA IMPORTANCIA DE LA SINCERIDAD

Un cerdito bonito y un jabalí inquieto
trotaban juntos en un bosque pequeño.
El cerdito es gordito y bonachón,
el jabalí, en cambio, todo un fanfarrón.
Presume de ser fuerte, cuenta patrañas,
roba comida y lanza amenazas.

A su encuentro aparece una ardilla.
Al verlos se echa a temblar, es asustadiza.
El jabalí se prepara y comienza su escena,
a grandes voces exclama: «¡Ya tengo cena!»,
mientras eriza su piel y los colmillos enseña.
No da tiempo de más, la ardilla no espera.

El jabalí sigue caminando satisfecho.
¡Qué orgulloso está de su hecho!
Pero el cerdito se para a hablar,
a la temblorosa presa quiere consolar.
—No hagas caso de ese granuja idiota.
¡Si solo come bayas y bellotas!
Así que ya ves, lo suyo son manías,
ansias de grandeza y algunas mentiras.
No debes temer sus tonterías.

El jabalí entretanto ha seguido adelante:
habla solo, hace aspavientos al aire,
pues solo después de un buen rato
ha visto que no lo escucha nadie.
Cuando por fin el cerdito vuelve a su lado,
¡les espera un buen susto en el fango!

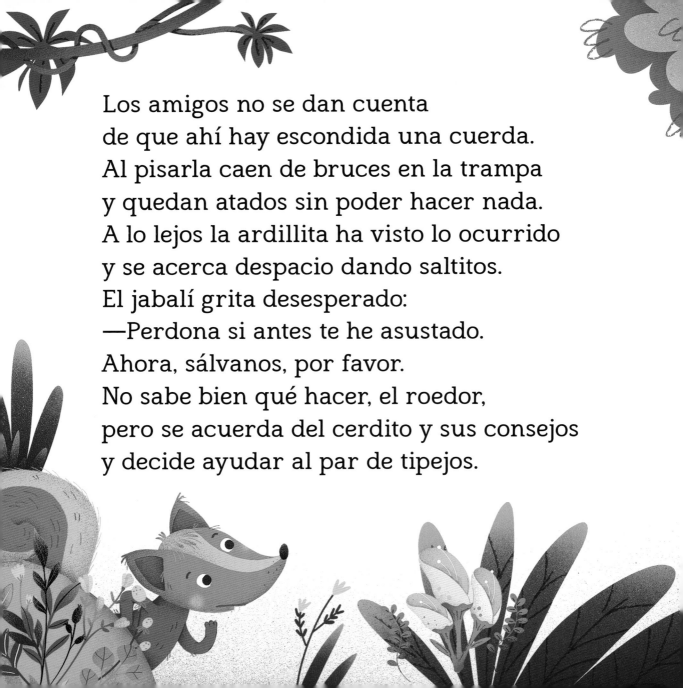

Los amigos no se dan cuenta
de que ahí hay escondida una cuerda.
Al pisarla caen de bruces en la trampa
y quedan atados sin poder hacer nada.
A lo lejos la ardillita ha visto lo ocurrido
y se acerca despacio dando saltitos.
El jabalí grita desesperado:
—Perdona si antes te he asustado.
Ahora, sálvanos, por favor.
No sabe bien qué hacer, el roedor,
pero se acuerda del cerdito y sus consejos
y decide ayudar al par de tipejos.

La ardilla sube hasta la rama a toda prisa,
acciona sus dientes y los mamíferos se agitan.
Los cazadores estarán a punto de llegar,
tiene que conseguir que puedan escapar.
Por fin corta el último hilo y los dos caen al suelo,
el cerdito está feliz y el jabalí llora de contento.

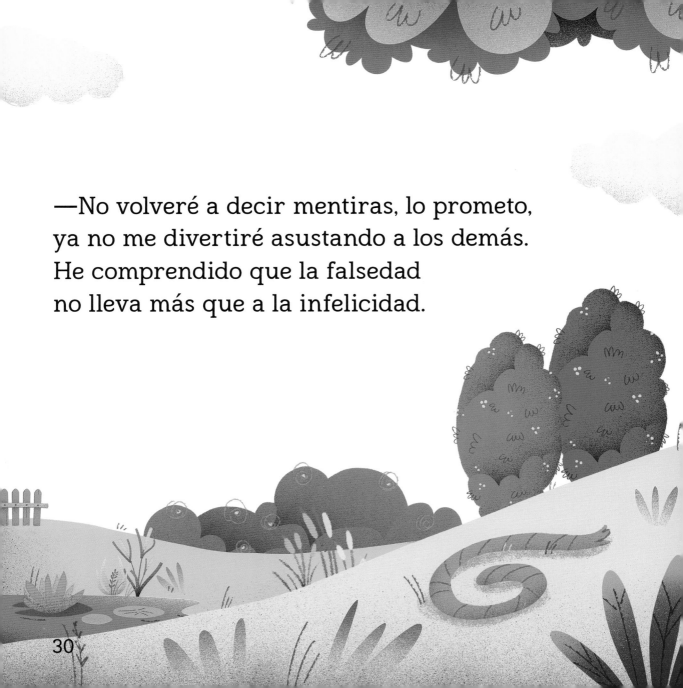

—No volveré a decir mentiras, lo prometo,
ya no me divertiré asustando a los demás.
He comprendido que la falsedad
no lleva más que a la infelicidad.

EL SECRETO DE LA SENCILLEZ

Para ser feliz no hace falta demasiado:
disfrutar con los amigos, ser abrazado.

Calentarse en una fogata, tocar la guitarra,
oír los cuentos que mamá nos narra.

Saltar a cuerda, jugar al escondite,
a pillar o a las cartas, ¡que no te las quiten!

37

Acariciar a tu mascota y leer un libro,
no hay mejor remedio para dormir tranquilo.

Vivir despierto, no andar escondido,
con sonrisa radiante, acoger y ser acogido.

40

En casa, a resguardo, comer y beber,
disfrutar de la compañía, amar por tres.

No busques objetos para ser feliz,
mira a tu alrededor: depende de ti.

HAZ UN ESFUERZO Y PODRÁS DISFRUTAR

Felicio es un niño que vive desganado,
le encanta dormir, anda siempre cansado
pero no puede vivir estando acostado.
Cada día su mamá le viene a despertar:

—Felicio, venga, no te hagas de rogar...
haz un esfuerzo y podrás disfrutar.

«Ojalá fuera como Soso Poltrón:
a él nadie le molesta, es un dormilón».
Eso piensa el niño sin salir de la cama.
Poco a poco saca un pie y se levanta,
se viste y se lava a trancas y barrancas,
tarda un siglo, en sus cosas se enfrasca.

—Felicio, venga, no te hagas de rogar...
solo si estás activo sabrás disfrutar.

Hoy van de excursión, es un día especial.
Así que mamá reclama al holgazán:
—¡Vamos, hay que ir al supermercado!
Pero incluso allí quiere hacer el vago,
no camina, se mete en el carrito
siempre pensando en su querido amiguito:
«No he visto nunca a Soso por los puestos,
seguro que él no tiene que hacer esto».

—Vamos, Felicio, no te hagas de rogar...
solo estando activo puedes disfrutar.

De vuelta a casa siguen los preparativos.
Felicio ayuda a mamá con los bocadillos.
Juntos organizan una gran merienda,
pero a él sigue sin gustarle la experiencia.
—Soso Poltrón no tiene que levantarse,
hace lo que quiere sin fatigarse.

—Felicio, venga, no te hagas de rogar...
esfuérzate y disfrutarás, ahora lo verás.

Las mochilas están listas, es hora de salir,
a la cima del monte tienen que subir.
Pero en el primer camino empinado
el niño se ve casi desmayado.

—Cariño, no pongas esa cara de tristeza
lo que te espera es una gran sorpresa.

Ese morro torcido no va contigo.
Soso Poltrón no sabe lo que digo,
parece el más listo y afortunado
pero es, en cambio, el más equivocado.

Sigue adelante, Felicio, no te hagas de rogar...
verás cómo el esfuerzo te hará disfrutar.

Tras mucho caminar, cantar y bufar
por fin a la cima han conseguido llegar.
El sol se está poniendo, el lugar parece encantado.
La vista es más hermosa de lo que había imaginado.
Felicio tiene los ojos como platos, está anonadado.
—Jamás lo habría pensado; me siento asombrado.
—¿Ves, Felicio, como vale la pena haberse esforzado?

—Soso Poltrón no puede disfrutar,
pues el pobre solo sabe holgazanear.

¿QUÉ SIGNIFICA RESPETO?

Mirco y Marco son primos,
pero son distintos desde niños.
—Deberías respetar a todos, Mirco:
saludar a los amigos, abrazar al abuelito.
—¿Yo tengo que decir «Hola» y «Buen día»?
¿Yo tengo que abrazar con simpatía?
¡Jamás! ¡Ni hablar de respetar!

—«Gracias» y «Por favor»
me suenan a excusa,
son de perdedor,
y yo no necesito disculpa.
¿Palabras amables para los demás, por qué?
Si nadie es educado conmigo, ¿para qué?

63

—Yo, si quiero pasar
no pido permiso,
hago como los demás
hacen conmigo.
No aguanto un NO,
no escucho y no espero,
funciono como un dictador
y nunca jamás respeto.
También piensan los demás
solo en sí mismos.

—Mi papelera verás siempre impoluta.
Nunca la uso, no me gusta.
Si rompo un papel o si me dejo la merienda,
los restos cubren el suelo o mi mesa.
Saco los juguetes, y nunca los recojo,
andan por la cama o la alfombra, a mi antojo.
Y no te extrañe verme con el dedo en la nariz,
pues me encanta, simplemente porque sí.

—Y si nadie quiere estar conmigo me da igual.
Jugar solo a la pelota también es un buen plan.
Siempre interrumpo a la gente que habla,
mi silla es mía y no la dejo por nada.
En el autobús también busco el mejor sitio
y no lo cedo a nadie, sean ancianos o niños.

—Mirco, espera, razona y escucha por favor:
teniendo respeto vivirás mucho mejor.
No es difícil entenderlo, óyeme un ratito,
basta con que te esfuerces un poquito.

Si no quieres enfadarte, no hagas enfadar,
no provoques ni humilles sin antes razonar.
Respeta a los demás, verás que sí tienes cura,
y ellos también te respetarán sin amargura.
Deja el rencor atrás: el respeto es lo más.

LA COLABORACIÓN ES UNA GRAN LECCIÓN

Este año ha llovido mucho por todo,
y el bosque ha quedado hundido en el lodo.
Así que el hormiguero, el refugio querido,
está en ruinas, prácticamente destruido.

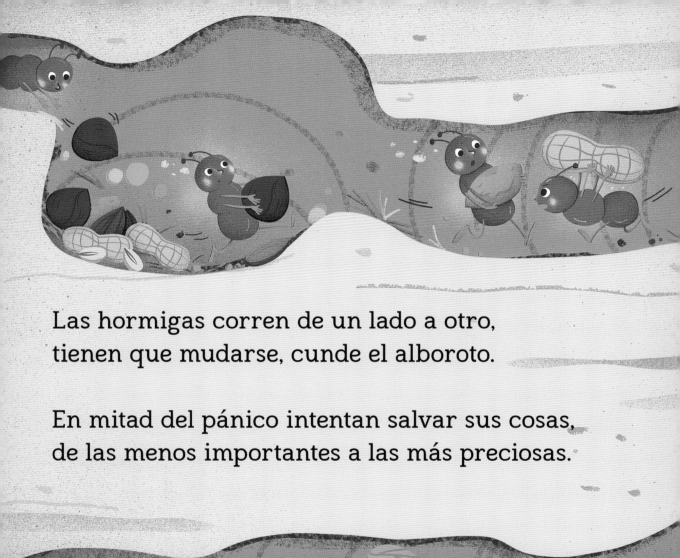

Las hormigas corren de un lado a otro,
tienen que mudarse, cunde el alboroto.

En mitad del pánico intentan salvar sus cosas,
de las menos importantes a las más preciosas.

Cada una piensa en lo suyo,
hace lo que le da la gana,
una quiere las piedras,
otra las avellanas,
una busca trocitos de pera,
otra de manzana.
Todas quieren tener razón
y en el hormiguero no reina
más que confusión.

Pasa el tiempo entre palabras necias
y al bosque llega una nueva tormenta.
Deben irse ya, no puede ser de otro modo,
ahora sí que el agua va a llevárselo todo.

Sin tiempo de nada, el viento pasa,
sin más organización, el lugar arrasa.
Las hormigas han ido cada una por su lado.
Su egoísmo y su avaricia las ha devastado.
No han sabido colaborar y ya no tienen casa.

Todas se reúnen cuando por fin escampa.
¿Qué hacer? ¡Qué desastre! ¡Qué estampa!
Hay que actuar unidas, sembrar la paz.
Hay que ayudarse ante la adversidad.
Deben afrontarla juntas con solidaridad.

Entre las hormigas reina un nuevo aire,
les espera una prueba muy grande.
El hormiguero está en reconstrucción.
Han aprendido una gran lección:
uno solo no consigue nada,
pero trabajando en unión
la victoria está garantizada.

87

Seis historias sobre valores

Título original: Le sei storie dei valori
Texto: Sara Agostini
Ilustraciones: Laura Giorgi
Adaptación española: Silvia Iriso (La Letra, SL)

Redazione GRIBAUDO
Via Strà, 167/F
37030 Colognola ai Colli (VR)
redazione@gribaudo.it

Responsable de producción: Franco Busti
Responsable de redacción: Laura Rapelli
Responsable gráfico: Meri Salvadori
Fotolito y preimpresión: Federico Cavallon, Fabio Compri
Secretaria de redacción: Emanuela Costantini

FSC
www.fsc.org
MISTO
Carta
da fonti gestite in
maniera responsabile
FSC® C101934

Impresión y encuadernación: Grafiche Busti srl, Colognola ai Colli (VR),
empresa certificada FSC®-COC con código CQ-COC-000104

© **2020 Gribaudo - IF - Idee editoriali Feltrinelli srl**
Socio Unico Giangiacomo Feltrinelli Editore srl
Via Andegari, 6 - 20121 Milán
info@editorialgribaudo.com
www.editorialgribaudo.com

Primera edición: marzo de 2021
ISBN: 978-84-17127-92-3

La serie **Seis historias**